浙江少年儿童出版社

我一直

很喜欢这个时刻，

就是当

……

突然

……

我感到，

像是
一阵微风
拂过
……

哦！

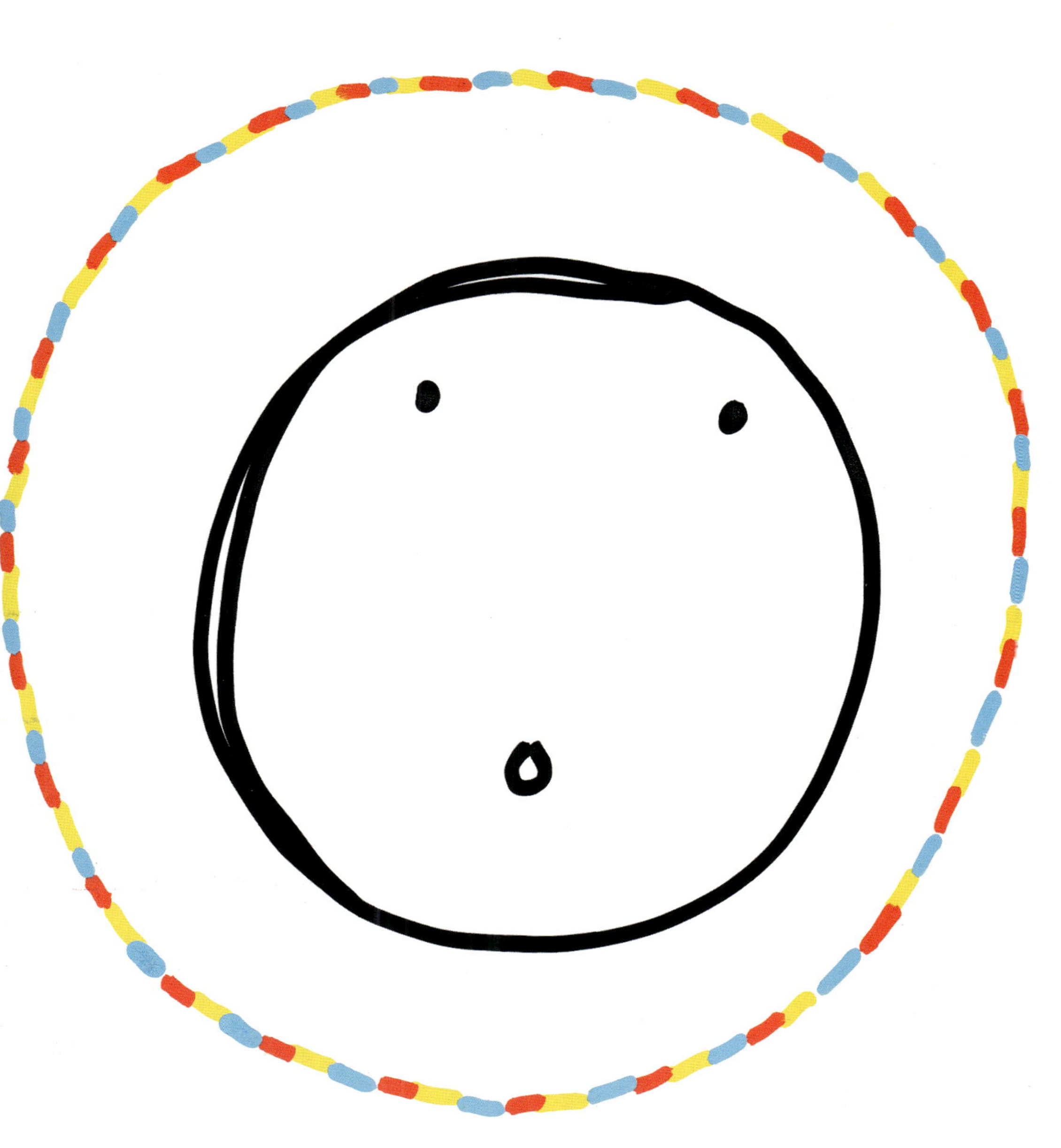

我有了一个想法！

这种感觉

好神奇！

但是，

我们

所说的

想法，

是什么呢？

开始时，

并不是

很清晰……

但是，

我们

可以慢慢寻找。

我们找啊……

我们啊……

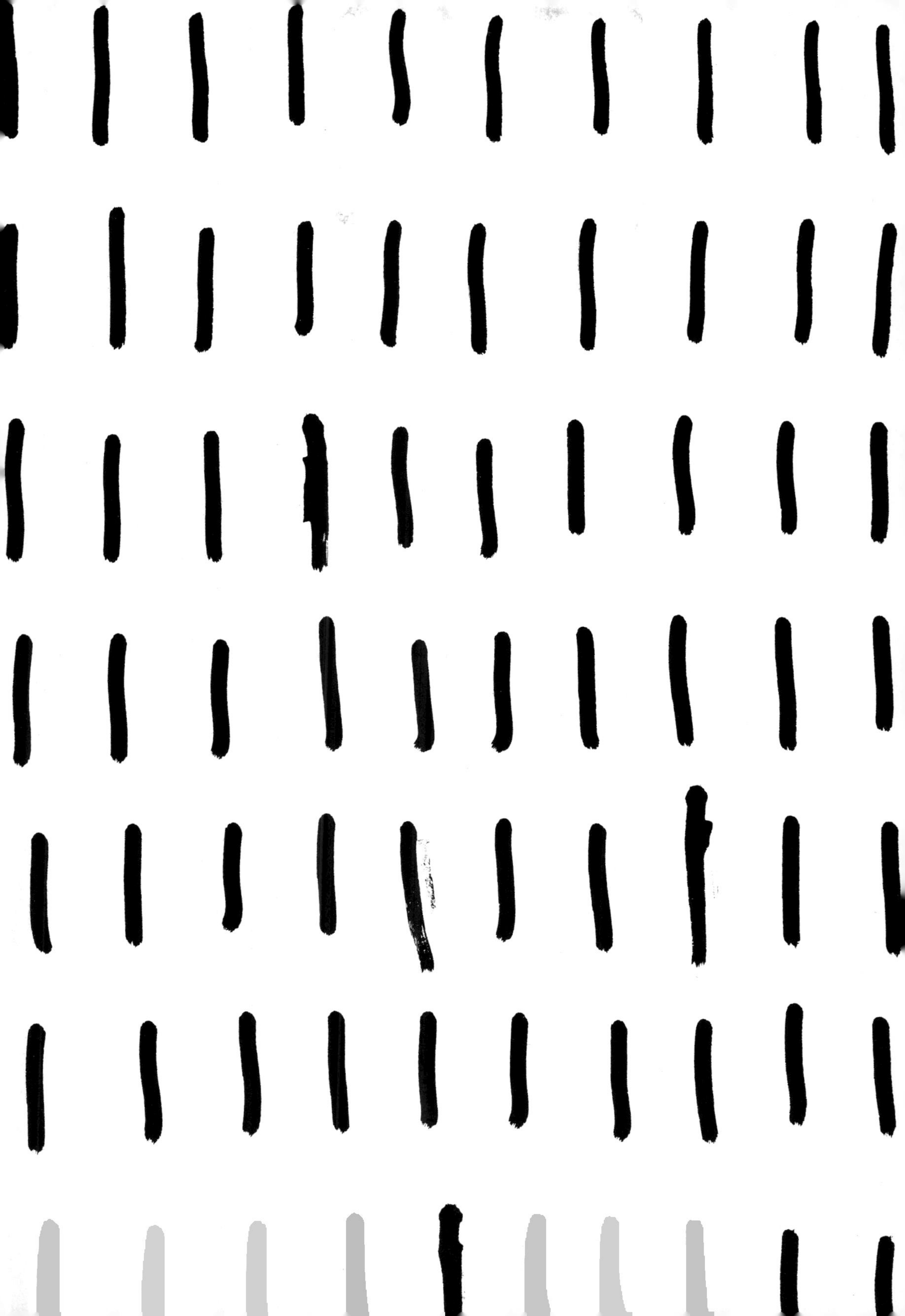

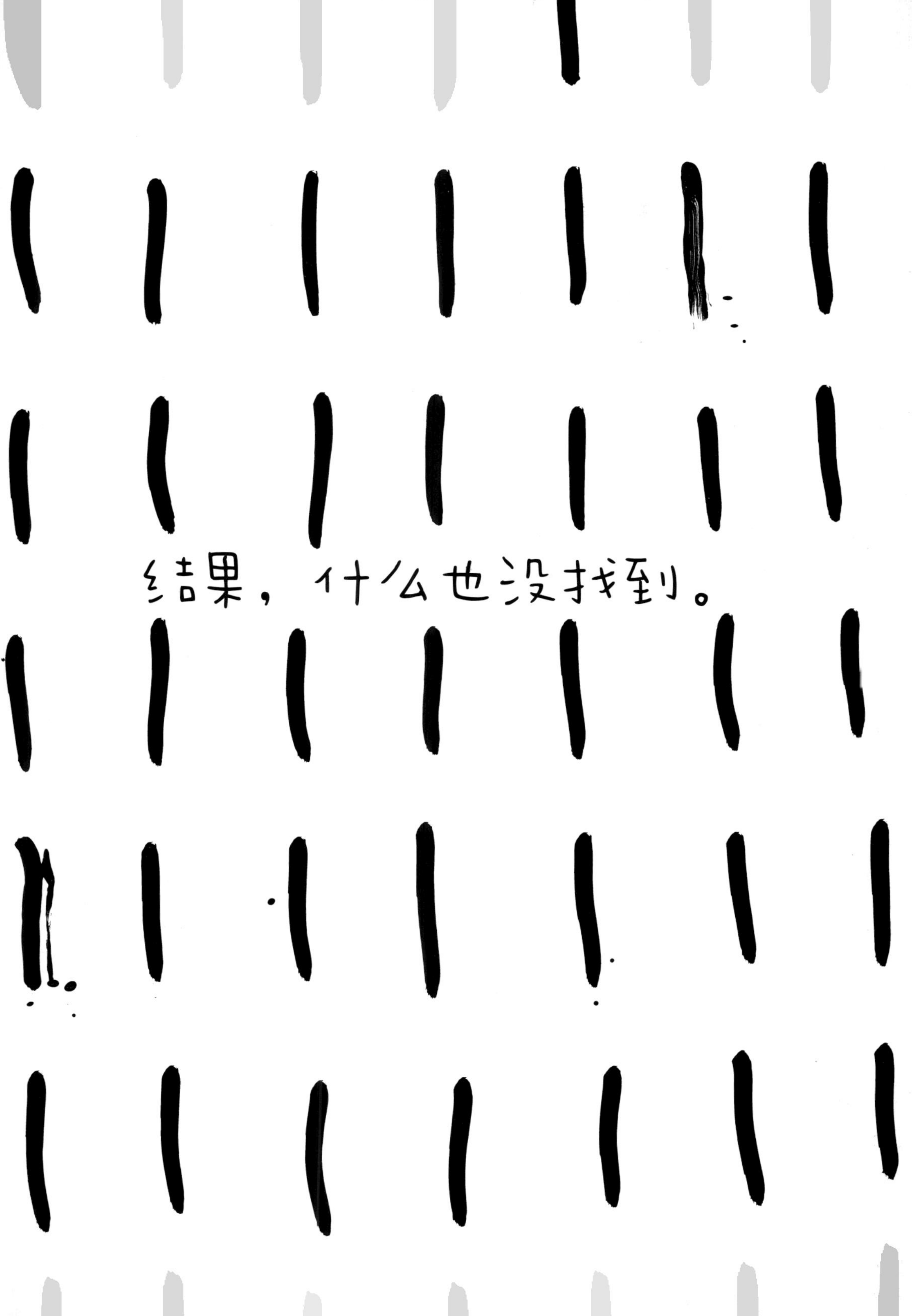
结果，什么也没找到。

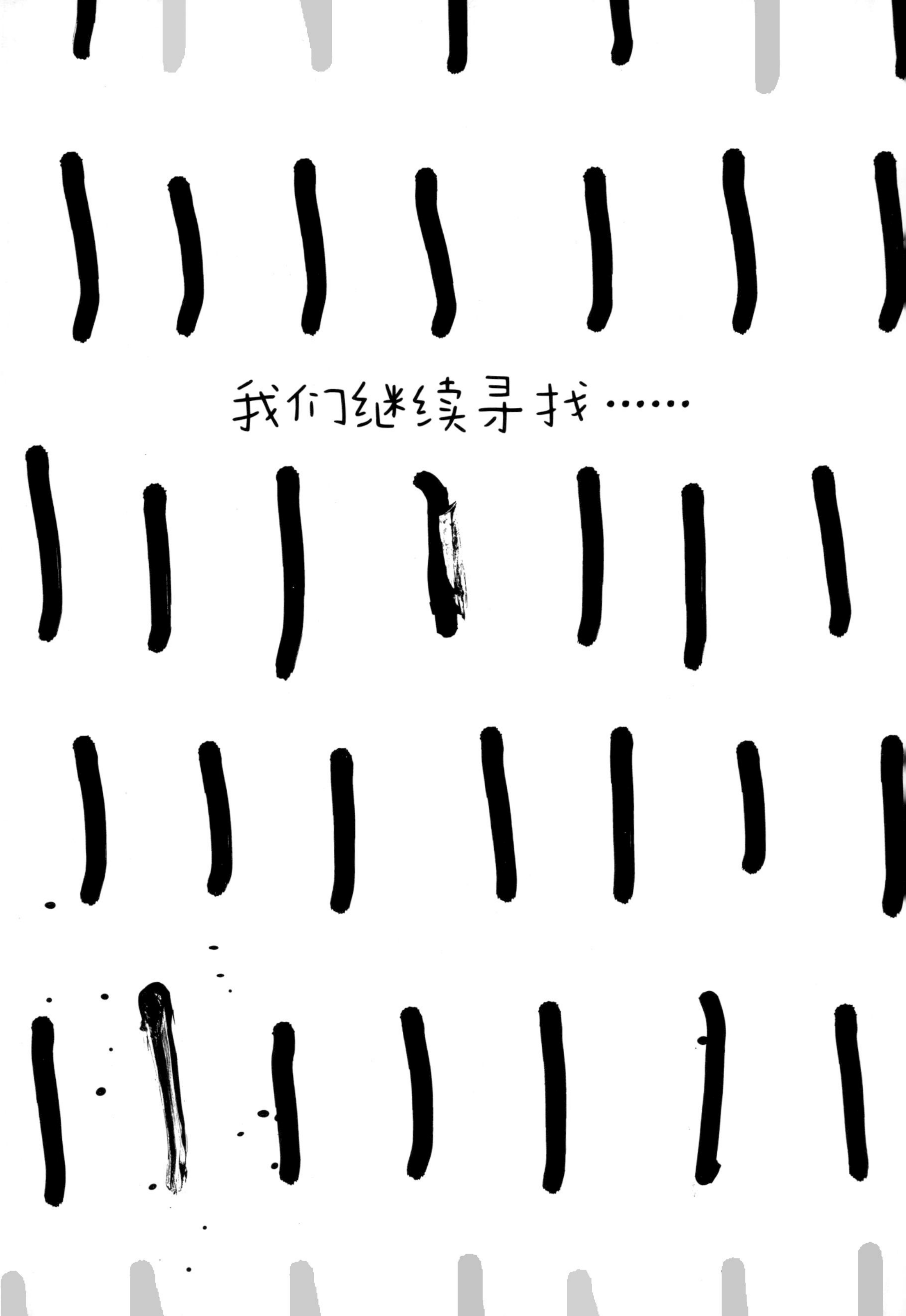
我们继续寻找……

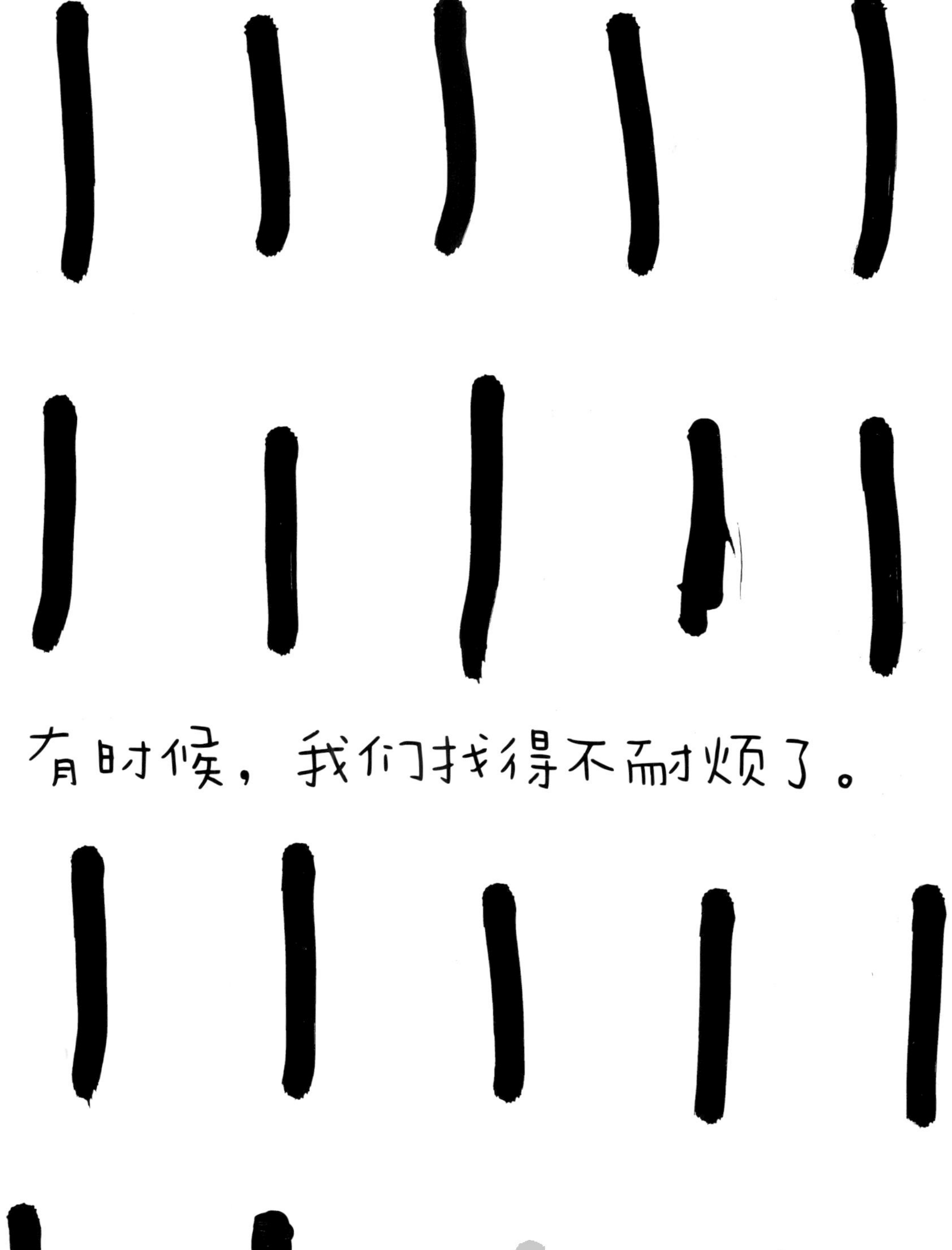
有时候，我们找得不耐烦了。

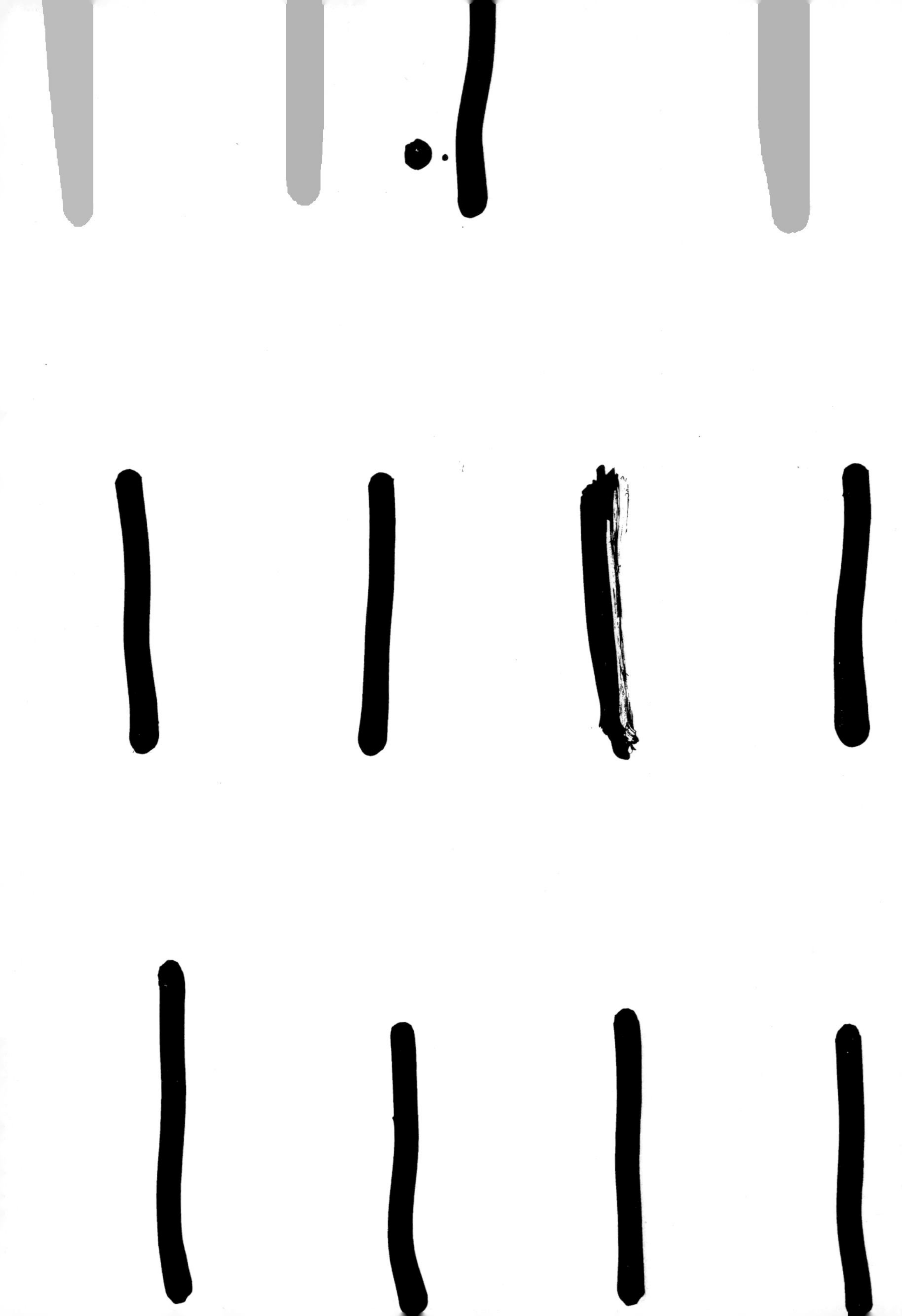

然后，突然……

哦！

找到了！

就是

它！

全新的、

前所未有的、

独一无二的

想法。

（ 我们想
立刻把它画下来。 ）

这就像

我们找到了

一颗

种子。

它会慢慢地发芽、长高，

越长越大……

当我们

有了一个想法之后，

该做些

什么呢？

通常，

想法们来去匆匆，

又很杂乱，

就像泡泡一样

从脑海里

冒出来。

这时候，

我们就得开始

干活啦！

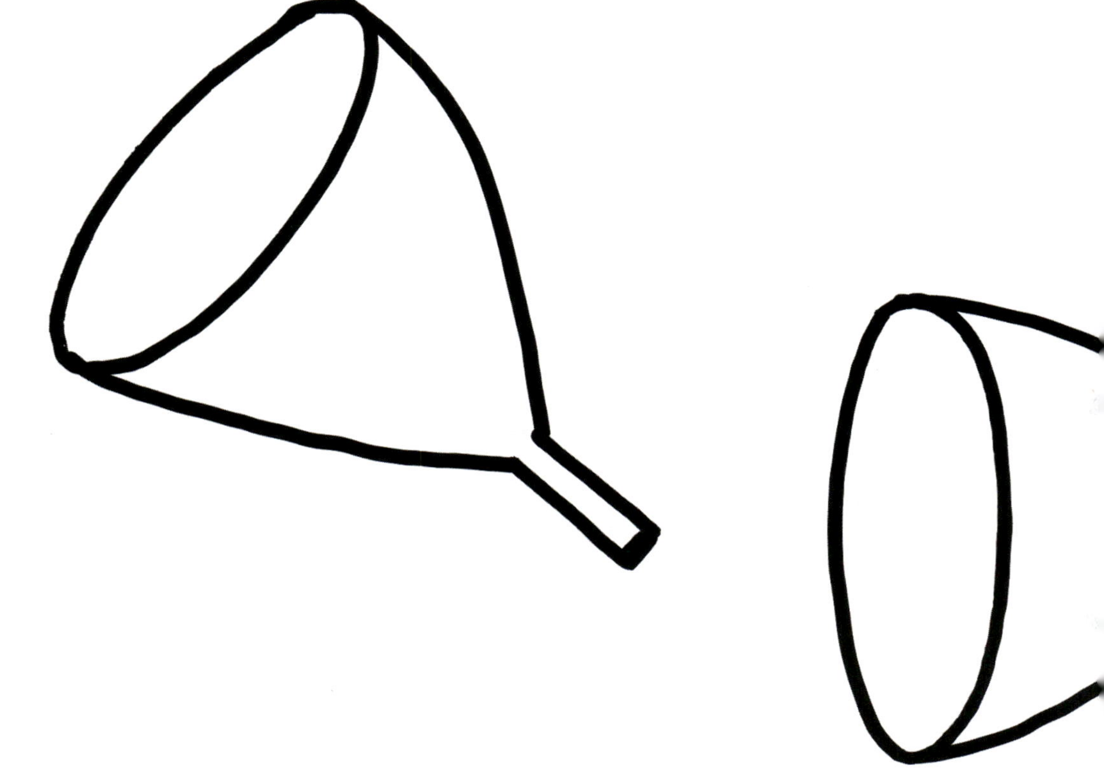

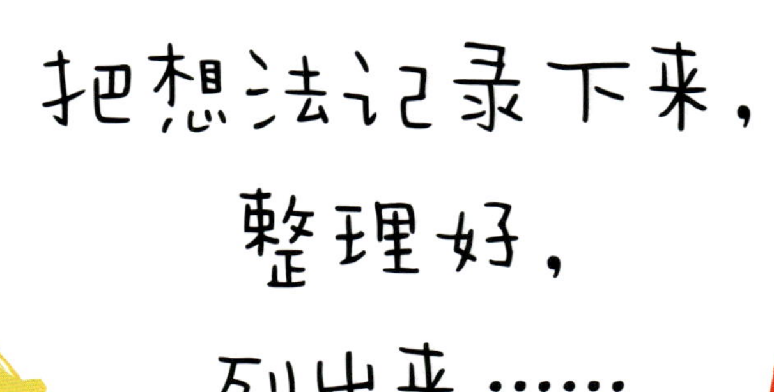
把想法记录下来，
整理好，
列出来……

要是~~纪错了~~，
记错了，
就从头再来，
继续探索。

终于

（功夫不负有心人），

我们得到了它。

一个好的想法!

也许

我们并不能一眼认出

这是一个好的想法，

因为一个好的想法，

总是透着点

疯狂。

那么，

该怎么找到

并采集

这些种子呢？

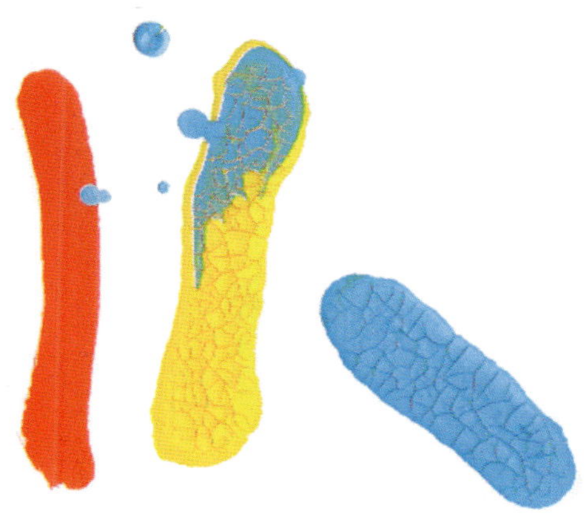

它们

就在那儿，

在世界的
每个角落，

但我们
并不总能看见它们。

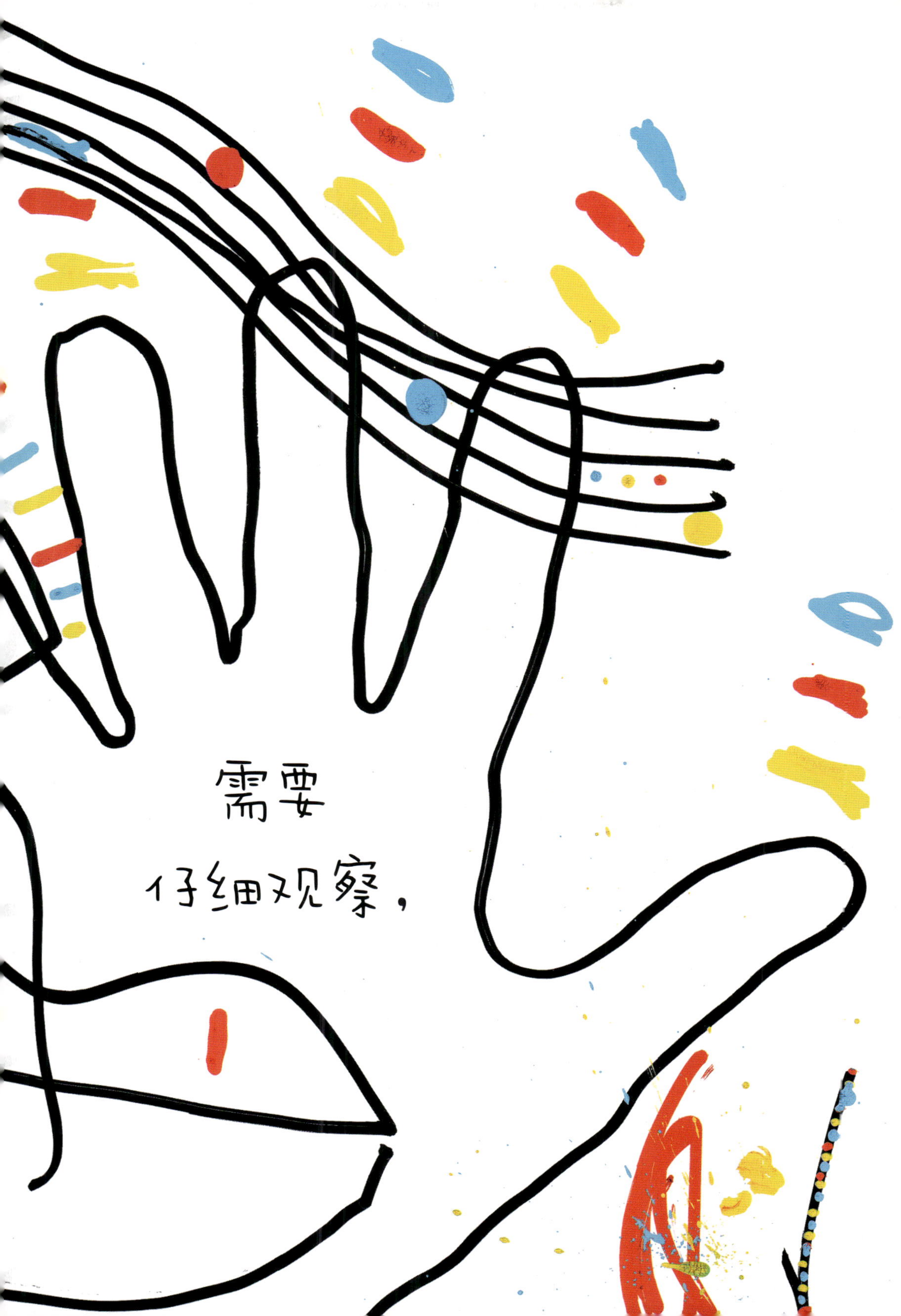
需要
仔细观察，

需要满怀好奇，

去看，

去听，

去触摸，

去品尝，

去感受，

去学习……

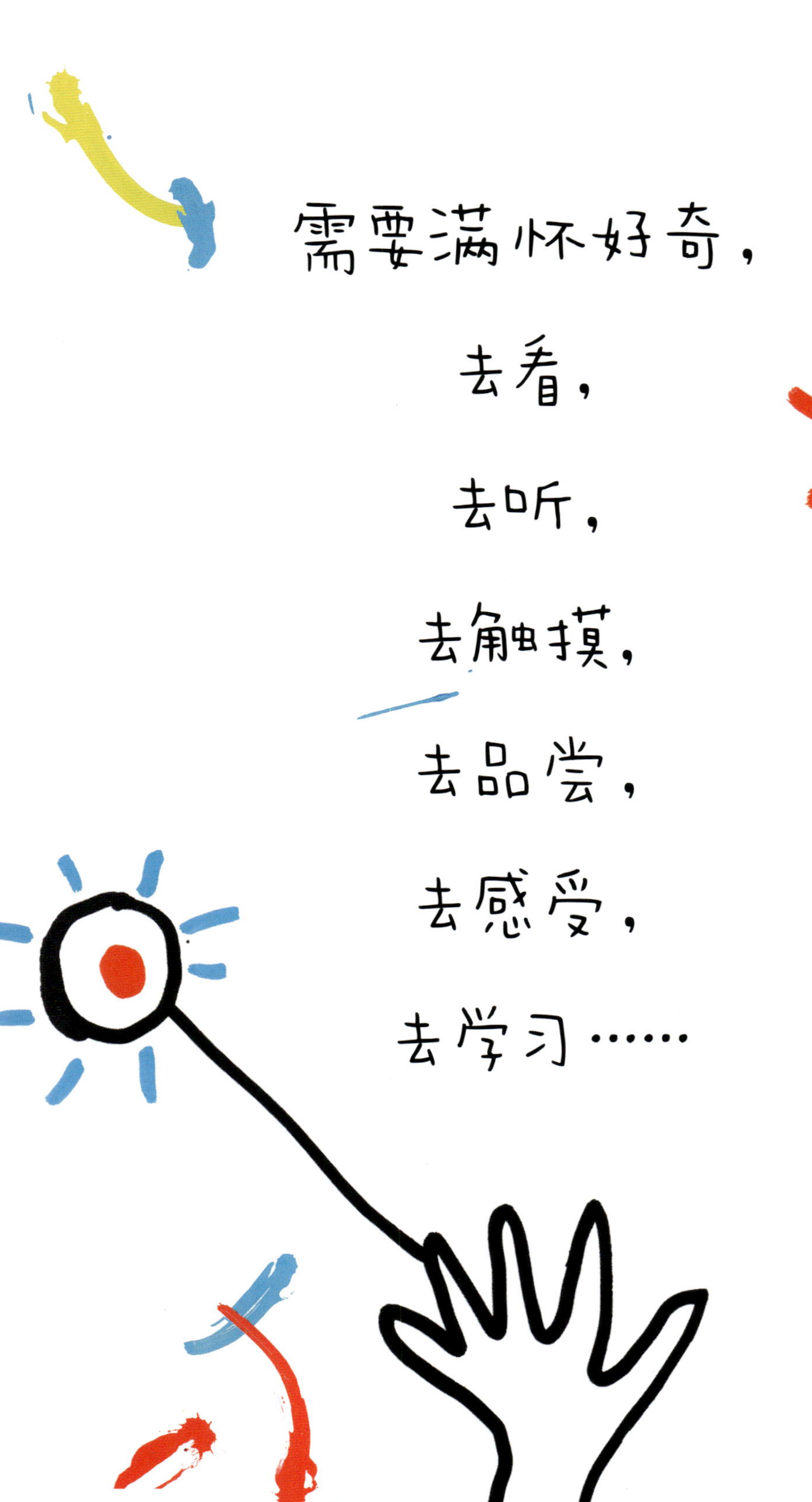

因为，

所有的**发现**

都会进入

我们的脑袋。

当有一天，

我们寻找

一个想法时

……

一些种子

聚集在了一起，

然后……

哦！

我
有了一个
想法！

寻找

这些

想法，

有什么用呢？

也许只是为了
好玩？

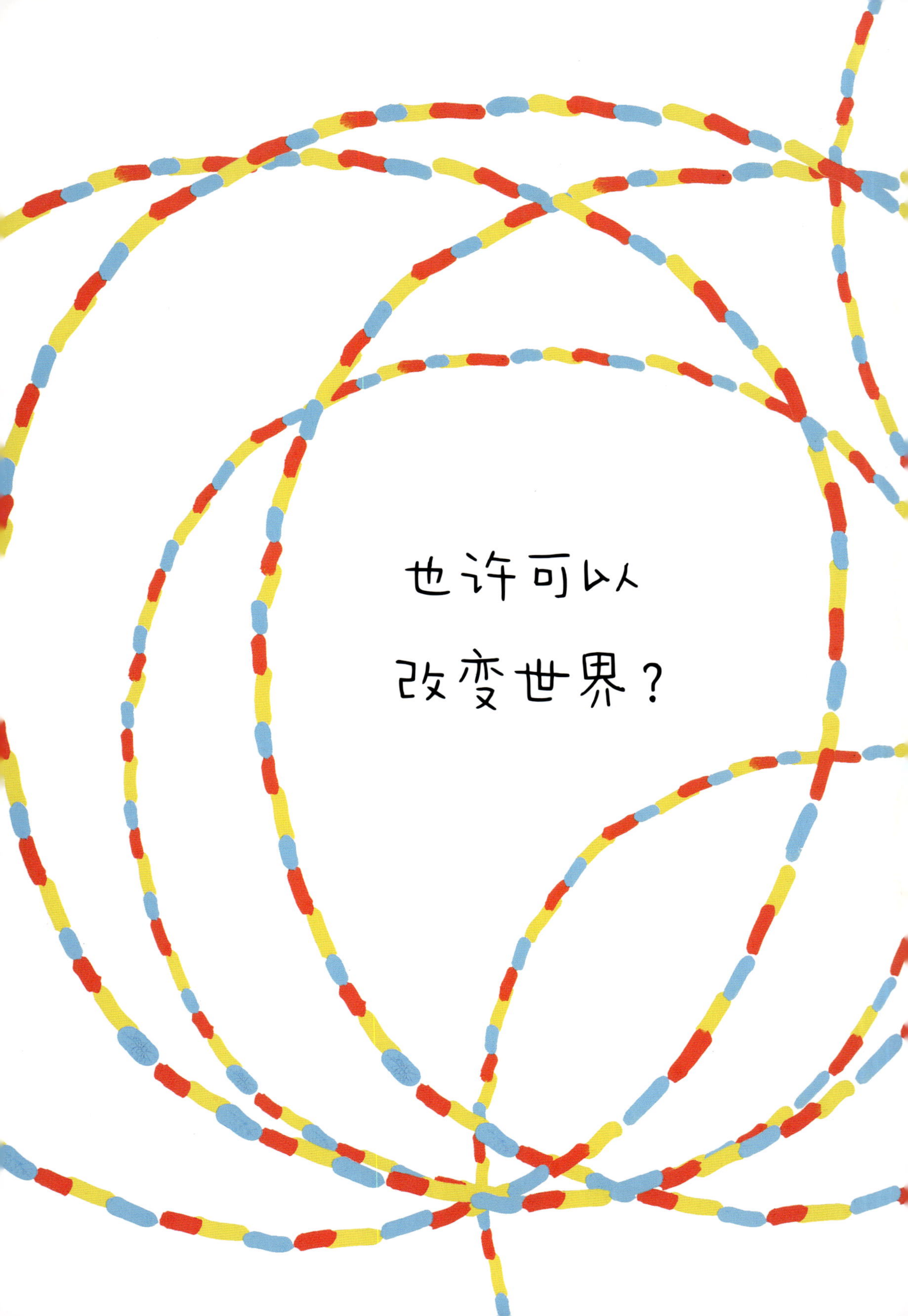
也许可以
改变世界？

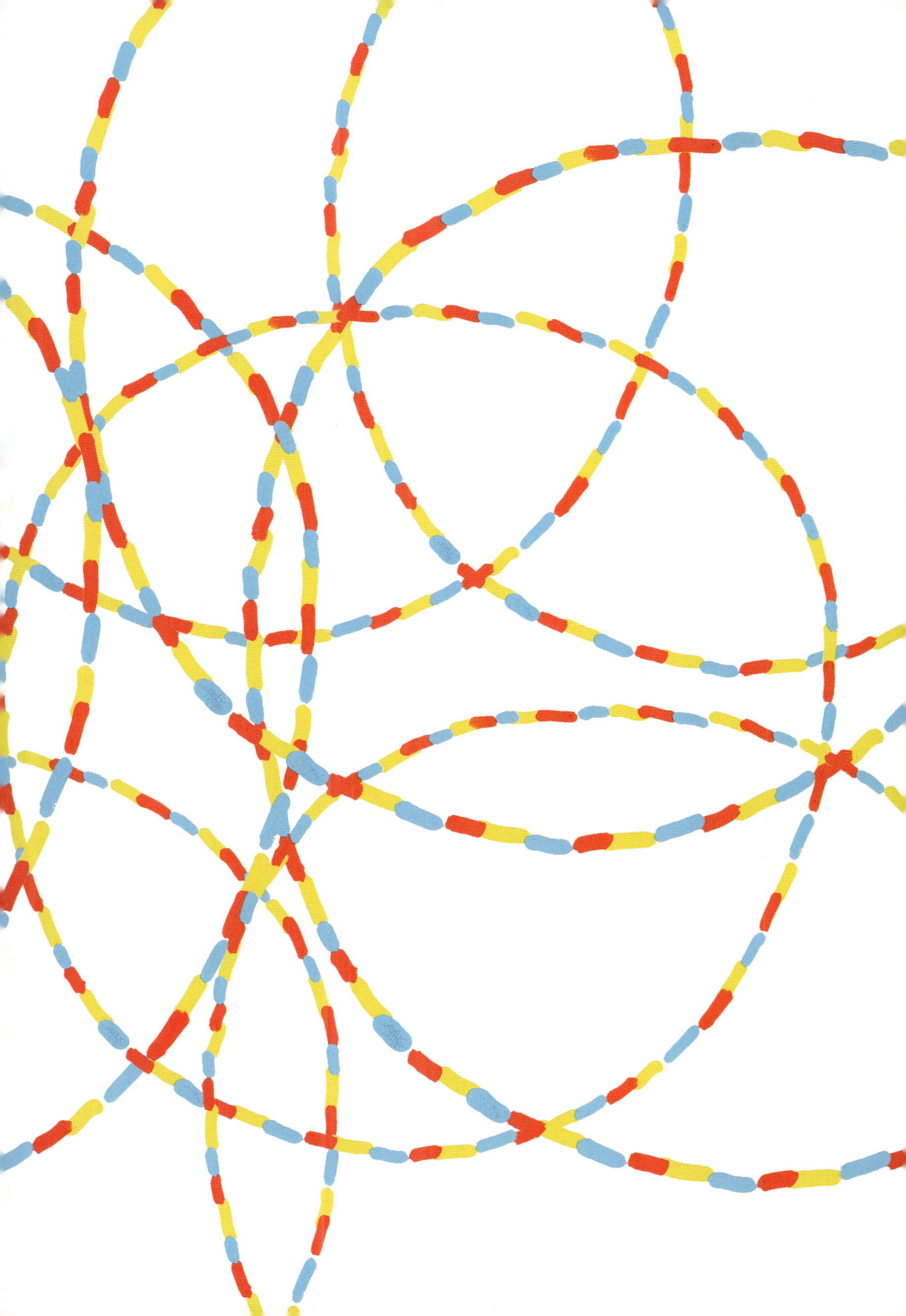

不管怎样，

我的经验告诉我，

只要

我们去寻找……

就一定会找到！

你

……

想试试吗？

作者的其他想法变成了这些书：

《会画画的点点》

《会说话的点点》

《杜莱艺术启蒙小宝盒》

图书在版编目（CIP）数据

我有一个想法 / (法) 埃尔维 · 杜莱著、绘；叶岱
译. -- 杭州：浙江少年儿童出版社, 2018.11（2021.12重印）
ISBN 978-7-5597-1039-0

Ⅰ. ①我… Ⅱ. ①埃… ②叶… Ⅲ. ①儿童故事－图
画故事－法国－现代 Ⅳ. ①I565.85

中国版本图书馆CIP数据核字（2018）第223934号

我有一个想法
WO YOU YI GE XIANGFA
[法]埃尔维 · 杜莱 著/绘　叶岱 译

策　　划：巴亚桥　特约编辑：戴　叶　特约美编：孙阳阳
责任编辑：张灵羚　文字编辑：徐紫馨　责任校对：潘祎丹　责任印制：王　振
出版发行：浙江少年儿童出版社（杭州市天目山路40号）
印　　刷：深圳市德家印刷厂
经　　销：全国各地新华书店
开　　本：710mm × 1000mm　1/16
印　　张：5.75　　印　　数：27001-32000册
版　　次：2018年11月第1版　　印　　次：2021年12月第5次印刷
书　　号：ISBN 978-7-5597-1039-0
定　　价：58.00元